KB121038

책상은 책상이다

책상은
책상이다

Kindergeschichten

페터 빅셀 지음
이용숙 옮김

위즈덤하우스

차례

지구는 둥글다

Die Erde ist rund

이젠 아무것도 더 할 일이 없는 남자가 있었다. 결혼생활도 끝났고 아이들도 곁을 떠났고 더 이상 일거리도 없어서, 자신이 알고 있는 모든 것을 다시 한 번 곰곰이 생각해보는 일로 시간을 보내는 사람이었다.

그는 자기한테 이름이 있다는 사실에 만족하지 않고, 왜 그리고 어떻게 해서 자신이 이 이름을 갖게 되었는지도 정확히 알고 싶어 했다. 그래서 그는 자기 이름이 나올 때까지 온종일 옛날 책을 뒤적여가며 찾아보았다.

그런 다음 자기가 알고 있는 모든 것을 정리해 보았다. 그러자 자신이 알고 있는 것들은 누구나 알고 있는 것들과 똑같다는 사실을 깨달았다.

사람은 이를 닦아야 한다는 것을 그는 알고 있었다.

황소들이 붉은 천을 보면 달려온다는 것과 스페인에는 투우사들이 있다는 사실을 그는 알고 있었다.

달이 지구 주위를 돌며, 달은 얼굴이 없으며, 달 표면에는 눈과 코가 달려 있는 게 아니라 분화구와 산들이 있다는 사실을 그는 알고 있었다.

악기에는 관악기, 현악기, 타악기가 있다는 사실을 그는 알고 있었다.

편지에는 우표를 붙여야 한다는 것, 자동차는 우측통행을 해야 한다는 것, 길을 건널 때는 횡단보도를 이용해야 한다는 것, 동물을 학대해서는 안 된다는 것들을 그는 알고 있었다. 아는 사람을 만나면 악수를 청하고 인사할 때는 모자를 벗어야 한다는 것을 그는 알고 있었다.

자기 모자가 펠트(동물의 털로 두툼하게 짠 직물)로 만들어졌고 그 털이 낙타털이라는 것, 낙타에는 혹이 하나인 것과 두 개인 것이 있고 혹이 하나인 낙타를 '드로메 다'라고 부른다는 것, 낙타는 사하라 사막에 살고 사하 라 사막에는 모래가 있다는 것을 그는 알고 있었다.

그는 이런 것들을 알고 있었다. 그는 그것들을 책에 서 읽었고, 누군가가 그에게 이야기해주어서 알았고, 영 화관에서 보기도 했다. 그는 사하라 사막에 모래가 있 다는 것을 알고 있었다. 그곳에 한 번도 가본 적은 없지 만 책에서 읽어 알고 있었다. 그리고 콜럼버스가 지구 가 둥글다는 사실을 믿었기 때문에 아메리카 대륙을 발 견할 수 있었다는 것도 그는 알고 있었다.

지구는 둥글다, 그는 그걸 알고 있었다.

사람들이 그 사실을 알게 되었을 때부터 지구는 공처 럼 둥근 모양이 되었다. 그래서 계속 앞으로 나아가면 출발했던 지점으로 다시 돌아오게 된다.

지구가 둥글다는 것을 눈으로 볼 수가 없기 때문에 사람들은 오랫동안 그 사실을 믿으려 하지 않았다. 지 구를 바라보면 지구가 평평하거나 아래로 또는 위로 경

사져 있었기 때문이다. 지구에는 나무들이 서 있고 집들이 이어져 있으며, 어느 곳도 공처럼 둥글게 구부러져 있지는 않다. 지구가 둥글게 곡선을 그릴 수 있는 곳은 바다인데, 바다는 그냥 거기서 끝나버린다. 수평선 한 줄로 끝나버리는 것이다. 그래서 우리는 바다가 어떻게 휘어져 있고 지구가 어떻게 휘어져 있는지 볼 수가 없다.

아침이면 태양이 바다에서 솟아오르고 저녁이면 다시 바다 속으로 가라앉는 것처럼 보인다.

그러나 우리는 그렇지 않다는 것을 안다. 왜냐하면 태양은 제자리에 머물러 있고 지구만이, 둥근 지구만이 하루에 한 번씩 스스로 돌기 때문이다.

그건 우리 모두가 알고 있다. 그리고 그 남자도 그 사실을 알고 있었다.

그는 계속 앞으로 나아가면 몇 날, 몇 주, 몇 달, 몇 해가 지난 뒤에는 다시 제자리로 돌아온다는 사실을 알고 있었다. 지금 그가 책상 앞에서 일어나 길을 떠나기만

한다면 훗날 책상의 반대쪽으로 다시 돌아올 수가 있을 것이다.

그건 사실이다. 그리고 누구나 그 사실을 알고 있다.

"계속 똑바로 나아가면 이 책상이 있는 곳으로 다시 돌아올 거라는 걸 나는 알지." 남자가 말했다.

"그걸 알긴 하지만 믿을 수는 없어. 그러니까 진짜 그런지 한번 시험해 봐야겠어."

"똑바로 걸어가보는 거야."

이제 아무것도 더 할 일이 없는 그 남자는 이렇게 외쳤다. 할 일이 아무것도 없는 사람은 얼마든지 똑바로 걸어가볼 수 있기 때문이다.

그러나 가장 단순한 일이 가장 어려운 법이다. 아마도 남자는 그 사실을 알고 있었을 것이다. 그렇지만 그는 아무 내색도 하지 않고 지구의를 하나 사왔다. 그 위에다 그는 자신이 서 있는 이곳을 출발해 지구를 빙 돌아서 다시 원위치까지 돌아오는 선을 그었다.

그런 다음 책상 앞을 떠나 대문 밖으로 나가서 자신

이 걸어가려는 방향을 바라보았다. 그런데 그곳에는 다른 집 한 채가 서 있었다.

직선 코스를 택하자면 그는 바로 그 집을 거쳐 가야만 했다. 그 집을 빙 돌아서 갈 수는 없었다. 방향을 잃어버릴 수가 있기 때문이었다.

그래서 그는 여행을 시작할 수가 없었다.

그는 다시 책상 앞으로 되돌아와 종이 한 장을 꺼내 이렇게 썼다.

"커다란 사다리가 하나 필요하다."

그때, 그 집 뒤편으로 숲이 시작되고 그가 타고 넘어가야 할 나무 몇 그루가 그 직선 코스 위에 서 있다는 사실이 떠올랐다. 그래서 그는 종이에 이렇게 썼다.

"밧줄 하나가 필요하다. 등반용 아이젠도 필요하다."

나무를 기어오르다가 몸에 상처가 날 수도 있었다. 남자는 이렇게 썼다.

"구급약 세트가 필요하다. 비옷, 등산화, 운동화, 장화, 그리고 겨울옷과 여름옷들이 필요하다. 사다리, 밧

줄, 아이젠, 구급약 세트, 등산화, 운동화, 겨울옷, 여름옷을 싣고 갈 수레도 필요하다."

이제 그는 필요한 모든 것을 적은 셈이었다. 그러나 숲을 지나면 강이 있었고, 그 위로 다리가 놓여 있긴 했지만 그 다리가 있는 곳은 그가 가야 할 직선 코스가 아니었다. 그는 이렇게 적었다.

"배가 필요하다. 그리고 그 배를 싣고 갈 수레가 또 한 대 있어야 하고, 그 수레 두 대를 실을 두 번째 배가 필요하고, 이 두 번째 배를 실을 세 번째 수레가 필요하다."

그러나 그가 끌고 갈 수 있는 수레는 한 대뿐이었기 때문에 그는 다른 수레들을 끌고 갈 남자 두 사람이 더 필요했고, 이 두 사람에게도 신발과 옷들이 필요했기 때문에 그것들을 싣고 갈 수레 한 대가 더 필요했으며, 그 수레를 끌고 갈 누군가가 또 필요했다. 그리고 이 수레들은 우선 다함께 그의 집 앞에 있는 다른 집을 넘어가야만 했다. 그러려면 크레인이 있어야 하고 그 크레인을 운전할 사람이 필요했다. 또 크레인을 실을 배와 그 배를 실을 수레가 필요했고, 크레인을 실을 배를 신고 갈 수레를 끌 사람이 필요했다. 그리고 크레인 운전 기사의 옷가지를 실을 수레와 이 수레를 끌 누군가가 필요했다.

"이제 우리는 드디어 모든 것을 다 갖췄어. 지금부터 여행을 시작해도 돼."

남자는 이렇게 말했다. 그리고 이제는 사다리도 밧줄도 등산용 아이젠도 다 필요 없게 되어 기분이 좋았다. 크레인이 있으니 말이다.

이젠 처음만큼 많은 것이 필요하지 않았다. 구급약 세트 하나와 비옷 한 벌, 등산화, 운동화, 장화, 옷들, 수레 한 대, 배 한 척, 이 배를 실을 수레 한 대와 수레들을 실을 배 한 척, 수레들을 실은 배를 실을 수레 한 대가 전부였다. 남자 둘과 그 남자들의 옷을 실을 수레 한 대와 그 수레를 끌고 갈 다른 남자 하나, 크레인 한 대와 그 크레인을 운전할 남자 한 사람과 크레인을 실을 배 한 척과 그 배를 신고 갈 수레 한 대와 크레인이 실린 배를 실은 그 수레를 끌고 갈 남자 한 사람, 그리고 그의 옷가지를 실을 수레 한 대와 그 수레를 끌 남자 한 사람이면 충분했다. 그리고 수레를 끌 그 남자는 자기 옷가지들을 이 수레에 실을 수 있을 테고 크레인 운전기사의 옷가지도 역시 이 수레에 실으면 될 것이다. 남자는 되도록 적은 수의 수레를 끌고 가려 했기 때문이다.

이제 그에게 더 필요한 건 크레인 한 대뿐이었다. 그러니까 첫 번째 크레인을 집들 너머로 운반할 수 있는 더 큰 크레인 말이다. 그러려면 그 큰 크레인을 운전할 사람, 그 크레인을 실을 배, 크레인을 실은 배를 운반할 수레, 크레인 실은 배를 운반할 수레를 끌 사람, 크레인 실은 배를 운반할 수레를 끌 사람의 옷가지를 싣고 갈 수레, 크레인 실은 배를 운반할 수레를 끌 사람의 옷가지를 실은 수레를 끌 사람이 필요했는데, 이 마지막 사람이 자기 옷가지와 크레인 운전기사의 옷가지를 한 수레에 실으면 수레의 숫자를 줄일 수 있다.

그러니까 이제 필요한 건 크레인 두 대, 수레 여덟 대,

배 네 척, 그리고 남자 아홉 명이 전부였다. 첫 번째 배에 작은 크레인을 싣는다. 두 번째 배에 큰 크레인을 싣는다. 세 번째 배에는 첫 번째 수레와 두 번째 수레를 싣고, 네 번째 배에는 세 번째와 네 번째 수레를 싣는다. 그러니까 이제 다섯 번째와 여섯 번째 수레를 실을 배와 일곱 번째 여덟 번째 수레를 실을 배 한 척만 더 있으면 된다.

그리고 이 배들을 실을 수레 두 대가 필요하다.

그리고 이 수레들을 실을 배 한 척이 필요하다.

그리고 이 배를 실을 수레 한 대가 필요하다.

그리고 이 수레를 끌 세 사람이 필요하다.

그리고 이 수레를 끌 사람들의 옷가지를 실을 수레 한 대가 필요하다.

그리고 이 옷가지를 실은 수레를 끌 사람이 필요하다.

그리고 옷가지를 실은 이 수레는 처음에 수레를 실은 배에 실으면 된다.

대형 크레인을 운반하려면 세 번째로 더 큰 크레인이

필요하고 세 번째 크레인을 위해 네 번째, 다섯 번째, 여섯 번째 크레인이 필요하다는 사실을 남자는 전혀 생각하지 못했다. 그러나 그는 강을 건너고 나면 산이 가로막고 있고 수레로 그 산을 넘을 수는 없으며 배로는 더 더군다나 불가능하다는 사실을 생각해냈다.

그러나 그는 그 배들을 꼭 산 너머로 싣고 가야만 했다. 산을 넘어가면 호수가 있기 때문이었다. 그래서 그 배들을 짊어지고 갈 남자들, 그리고 그 남자들의 옷가지를 싣고 갈 수레와 그 남자들의 옷가지를 실은 수레를 실어나를 배가 필요했다.

그래서 그는 이제 두 번째 메모지가 필요했다.

그 위에 그는 숫자들을 적었다.

구급약 세트 하나는 7프랑켄 20라펜, 비옷은 52프랑켄, 등산화 74프랑켄, 운동화 43프랑켄, 장화 얼마, 옷값 얼마.

수레 한 대는 그 모든 것을 합친 것보다 더 비싸고 배는 그보다 더 비싸다. 그리고 크레인 한 대는 집 한 채

보다도 비싸다. 또 크레인을 싣고 갈 배는 상당히 큰 배여야 했다. 그런데 큰 배는 작은 배보다 훨씬 비싸다. 큰 배를 싣고 갈 수레는 엄청나게 커야 하는데, 엄청나게 큰 수레는 기가 막히게 비싸다. 그리고 남자들은 일한 만큼 보수를 받으려고 할 테고, 일단 일할 사람들을 구해야 하는데, 그런 사람들을 구하기란 무척 어려울 것이다.

이 모든 사실이 남자를 무척 서글프게 했다. 그 사이에 그는 벌써 여든 살이 되었기 때문이다. 죽기 전에 이곳까지 되돌아오려면 서둘러야 했다.

그래서 결국 그는 다른 건 다 놔두고 커다란 사다리 하나만 샀다. 그 사다리를 어깨에 짊어지고 그는 느릿느릿 길을 떠났다. 자기 집 앞에 있는 이웃집에 사다리를 걸쳐놓고 남자는 사다리가 튼튼하게 고정되어 있는지 살펴본 뒤 천천히 사다리를 타고 올라갔다. 그가 정말 이 여행을 시작하려 한다는 것을 그제서야 깨닫고 나는 그를 소리쳐 불렀다.

"잠깐만요! 돌아오십시오! 그건 쓸모없는 짓입니다!"

그러나 그는 내 말을 듣지 못했다. 그는 어느새 지붕 위에 다다라 사다리를 끌어올리고는 힘겹게 지붕 꼭대기를 타넘어가 지붕 반대편 아래로 사다리를 내렸다. 지붕 꼭대기를 넘어 건너편으로 사라질 때까지 그는 한 번도 뒤를 돌아보지 않았다.

나는 그 남자를 다시는 보지 못했다. 그게 십 년 전 일이고 그때 그는 여든 살이었다.

이제 그는 아흔 살이 되었을 것이다. 아마 중국에 다다르기 전에 그 사실을 깨닫고 여행을 그만두었을 것이다. 어쩌면 죽었을지도 모른다.

그러나 이따금 나는 대문 밖으로 나가 서쪽을 바라본다. 그리고 그가 어느 날엔가 지쳐 느릿하게, 그러나 웃음을 띠며 숲에서 걸어오는 것을 본다면, 그리고 내게 다가와서 이렇게 말해준다면 나는 정말 기쁠 것이다.

"이젠 지구가 둥글다는 사실을 믿게 되었다네."

책상은 책상이다

Ein Tisch ist ein Tisch

어떤 나이 많은 남자 얘기를 하려고 한다. 더 이상 한 마디도 말을 하지 않고, 미소 짓기에도 화를 내기에도 너무 지친 듯한 얼굴을 하고 있는 남자 이야기다. 그 남자는 어느 작은 도시의 거리 맨 끝 아니면 사거리 근처에 산다. 그를 묘사하는 건 별로 소용없는 일이다. 다른 사람들과 특별히 다른 점이 거의 없기 때문이다. 그는 잿빛 모자를 쓰고 잿빛 바지에 잿빛 재킷을 입고 다니는데, 겨울이면 긴 잿빛 외투를 걸친다. 목은 가늘고 그 목의 피부는 바싹 마른데다 쭈글쭈글해서, 흰 셔츠의 목둘레가 너무 헐렁해 보인다.

건물 꼭대기 층에 그의 방이 있다. 아마 예전에는 결혼을 해서 자식들도 있었을지 모르고, 예전에는 다른 도시에 살았을지도 모른다. 그도 언젠가는 어린아이였을 것이 분명하지만 그때는 아이들도 어른처럼 옷을 입던 시대였다. 할머니의 사진첩을 보면 그런 모습들을 볼 수 있다. 그 남자의 방에는 의자가 둘, 책상이 하나, 양탄자, 침대, 옷장 하나가 있다. 작은 책상 위에는 자명종 시계가 놓여 있고 그 곁에는 오래된 신문들과 사진첩이 있다. 벽에는 거울 하나와 사진 한 장이 걸려 있다.

이 나이 많은 남자는 아침에 한 번, 오후에 한 번 산책을 하고, 이웃과 몇 마디 이야기를 주고받고, 저녁이면 자기 책상 앞에 앉아 있었다.

그건 언제나 똑같았고 일요일에도 마찬가지였다. 남자가 책상 앞에 앉아 있으면 째깍거리는 시계 소리가 들렸다. 언제나 그랬다.

그러다가 어느 날 한 번은 특별한 날이 찾아왔다. 햇빛이 비치고 너무 덥지도 춥지도 않은 날이었다. 새들이 지저귀고, 사람들은 상냥하고, 아이들이 놀고 있는 그런 날 말이다. 다른 날과 달랐던 점은, 갑자기 이 모든 것이 남자의 마음에 들었다는 사실이다.

그는 미소를 지었다.

"이제 모든 것이 달라질 거야."

그는 그렇게 생각했다.

그는 셔츠 맨 윗단추를 풀고 모자를 벗어든 뒤 걸음을 재촉했고, 춤추듯 무릎까지 까딱까딱 흔들며 즐거워했다. 자기 집이 있는 거리로 들어서자 그는 동네 아이들에게 고갯짓으로 인사를 했고, 집 앞에 다다라 계단을 올라가서는 주머니에서 열쇠를 꺼내 자기 방문을 열었다. 그러나 방 안은 달라진 것이 아무것도 없었다. 책상 하나, 의자 두 개, 침대 하나. 그리고 책상 앞에 앉자 다시 탁상시계에서 째깍거리는 소리가 들려왔다. 그러자 모든 기쁨이 사라지고 말았다. 아무것도 달라진 게 없었기 때문이다. 그때 엄청난 분노가 그를 사로잡았다.

그는 거울 속에서 자기 얼굴이 붉어지는 것을 보고

두 눈을 꽉 감았다. 그러고는 양손을 힘껏 쥐고 처들었다가 책상을 내리쳤다. 처음에는 한 번, 그러고 나서 또 한 번 내리쳤고, 그런 다음엔 책상 위를 북치듯 두들겨 대며 계속 소리를 질렀다.

"달라져야 해, 달라져야 한다고!"

그러자 시계 가는 소리가 더 이상 들리지 않았다. 그러나 양손이 아파오기 시작했고 목이 쉬어버렸다. 그리고 시계 가는 소리가 다시 들려왔다. 달라진 것은 아무것도 없었다.

"언제나 똑같은 책상, 언제나 똑같은 의자들, 똑같은 침대, 똑같은 사진이야. 그리고 나는 책상을 책상이라고 부르고 사진을 사진이라고 하고, 침대를 침대라고 부르지. 또 의자는 의자라고 한단 말이야. 도대체 왜 그렇게 불러야 하는 거지?"

프랑스 사람들은 침대를 '리'라고 하고 책상을 '타블', 그림을 '타블로', 그리고 의자를 '쉐즈'라고 한다. 그러면서도 서로 다 알아듣는다. 그리고 중국 사람들도 이런 식으로 자기들끼리 말이 통한다.

"어째서 침대를 사진이라고 부르지 않느냔 말야."

남자는 그렇게 생각하며 미소를 지었다. 그런 다음 웃음을 터뜨렸는데, 이웃들이 벽을 두드리며 '조용히 합시다' 하고 고함지를 때까지 그는 웃고 또 웃었다.

"이제 달라질 거야."

이렇게 외치면서 그는 이제부터 침대를 '사진'이라고 부르기로 했다.

"피곤하군, 사진 속으로 들어가야겠어."

그는 이렇게 말했다. 그러고는 아침마다 한참씩 사진 속에 누운 채로 이제부터 의자를 뭐라고 부를까를 고심했다. 그러다가 의자를 '시계'라고 부르기로 했다.

그러니까 그는 자리에서 일어나 옷을 입고, 시계 위에 앉아 양팔을 책상 위에 괴고 있었다. 그러나 책상은 이제 더 이상 책상이 아니었다. 그는 책상을 '양탄자'라고 불렀다.

그러니까 남자는 아침에 사진 속에서 일어나 옷을 입

고, 양탄자에 놓인 시계 위에 앉아, 무엇을 무엇이라고 부를 수 있을지를 고심했다.

침대는 사진이라고 불렀다.

책상은 양탄자라고 불렀다.

의자는 시계라고 불렀다.

신문은 침대라고 불렀다.

거울은 의자라고 불렀다.

시계는 사진첩이라고 불렀다.

옷장은 신문이라고 불렀다.

양탄자는 옷장이라고 불렀다.

사진은 책상이라고 불렀다.

그리고 사진첩은 거울이라고 불렀다.

그래서 이렇게 되었다.

아침에 이 나이 많은 남자는 오랫동안 사진 속에 누워 있었다. 아홉 시에 사진첩이 울리자 남자는 일어나서, 발이 시리지 않도록 옷장 위에 올라섰다. 그는 자기 옷들을 신문에서 꺼내 입고 벽에 걸린 의자를 들여다보

고, 양탄자 앞 시계 위에 앉아 자기 어머니의 책상이 나올 때까지 거울을 뒤적였다.

남자는 이 일에 재미가 들어 온종일 연습해서 새 단어들을 암기했다. 이제 모든 것의 이름이 달라졌다. 그 자신도 이제는 남자가 아니라 발이 되었다. 그리고 발은 아침이 되고 아침은 남자가 되었다. 이제 여러분은 이 이야기를 나름대로 계속 써나갈 수가 있다. 여러분도 이 남자가 한 것처럼 다른 단어들을 바꿔볼 수 있는 것이다.

'울린다'는 '세워놓는다'로 바꾼다. '시리다'는 '본다'로 바꾼다. '놓여 있다'는 '울린다'고 한다. '서 있다'는 '시리다'로 바꾼다. '세워놓는다'는 '뒤적인다'고 한다.

그러면 이렇게 말할 수 있다.

남자에게서 이 늙은 발은 한참이나 사진 속에서 울리고 있었다. 아홉 시에 사진첩이 세워놓았다. 발은 시려올랐고, 옷장이 아침을 바라보지 않도록 발은 자신을 옷장 위에 펼쳐놓았다.

나이 많은 남자는 파란 공책을 사서 새로운 단어들을 그 안에 가득 적어 넣었다. 그가 이 일로 너무나 바빠지자 사람들은 거리에서 그의 모습을 거의 볼 수 없게 되었다.

그 뒤로 남자는 모든 사물을 부르는 새로운 이름을 익혀가면서 차츰 원래의 명칭을 잊어버렸다. 그는 이제 완전히 혼자만 알고 있는 새로운 언어를 사용했다.

어느새 그는 이 새로운 언어로 가끔 꿈을 꾸곤 했다. 그리고 학교 다닐 때 배운 노래들을 자기 언어로 바꾸어 그 노래들을 작은 소리로 혼자 불러보기도 했다. 그러나 얼마 지나지 않아 이처럼 자기 언어로 번역을 하는 일이 힘들어졌다. 옛날에 쓰던 언어를 거의 잊어버렸기 때문에 파란 공책에서 원래의 단어를 찾아보아야 했던 것이다. 그리고 다른 사람들과 이야기해야 하는 상황이 두려워졌다. 사람들이 이 물건을 뭐라고 부르는지 한참 생각해봐야만 했기 때문이다.

그의 사진을 사람들은 침대라고 부른다.

그의 양탄자를 사람들은 책상이라고 부른다.

그의 시계를 사람들은 의자라고 부른다.

그의 침대를 사람들은 신문이라고 부른다.

그의 의자를 사람들은 거울이라고 부른다.

그의 사진첩을 사람들은 시계라고 부른다.

그의 신문을 사람들은 옷장이라고 부른다.

그의 옷장을 사람들은 양탄자라고 부른다.

그의 책상을 사람들은 사진이라고 부른다.

그의 거울을 사람들은 사진첩이라고 부른다.

그래서 남자는 다른 사람들의 얘기를 듣고 있으면 도저히 웃음을 참을 수 없을 정도가 되고 말았다.

누군가가 "내일 선생님도 축구 보러 가실 건가요?" 하고 말하면 그는 큰 소리로 웃을 수밖에 없었다. 또는 이런 말을 들어도 웃음이 나왔다.

"벌써 두 달째 계속 비가 내리고 있군요."

이런 말도 우습긴 마찬가지였다.

"제 삼촌이 미국에 계세요."

웃을 수밖에 없었던 이유는, 이 모든 말이 무슨 뜻인지 이해할 수 없었기 때문이다.

그러나 이건 사실 우스운 얘기가 아니다. 이 이야기는 슬프게 시작되었고 슬프게 끝이 난다.

잿빛 외투를 입은 그 나이 많은 남자는 사람들이 하는 말을 더 이상 이해할 수 없게 되었다. 그건 그리 심각한 문제는 아니었다. 그보다 더 심각한 것은 사람들이 그를 더 이상 이해할 수 없게 된 것이었다.

그래서 그는 그때부터 말을 하지 않았다.

그는 침묵했고,

자기 자신하고만 이야기했고,

더 이상 인사조차도 하지 않게 되었다.

아메리카는 없다

Amerika gibt es nicht

나는 이 이야기를 어떤 이야기꾼에게서 들었다. 나는 그의 이야기를 믿을 수가 없다고 여러 번 말했다.

"거짓말이에요. 당신은 없는 얘기를 꾸며내고 상상으로 지어내 사람을 속이고 있는 거예요."

내가 그렇게 말했지만 그는 꿈쩍도 하지 않았다. 그 사람은 태연하게 이야기를 계속했고 나는 이렇게 외쳤다.

"거짓말쟁이, 사기꾼, 허풍선이, 협잡꾼!"

그러자 그는 한참 나를 바라보더니 고개를 절레절레 흔들고는 서글픈 미소를 지으며 이렇게 말했다.

"아메리카는 없습니다."

너무 조그만 소리로 속삭였기 때문에 나는 부끄러울 지경이었다.

나는 그를 위로하기 위해, 그가 들려준 이야기를 글로 옮기겠다고 그에게 약속했다.

이 이야기는 오백 년 전 어떤 왕, 그러니까 스페인 왕의 궁정에서 시작된다. 비단과 벨벳, 황금, 은, 수염, 왕관, 촛불, 시종과 시녀들이 있는 궁전 말이다. 전날 밤에 발 밑에다 장갑을 던져 결투 신청을 하고 동틀 무렵 서로의 배를 향해 칼날을 겨누는 궁정 기사들, 탑 위에서 팡파르를 울리고 있는 파수병들, 말에서 뛰어내리는 전령들과 안장 위로 몸을 날리는 전령들, 왕의 충직한 신하들과 간신들, 아름다운 여인들과 위험한 여인들, 그리고 포도주가 거기 있었다. 또 성 주변에는 아무것도 모르는 채 이 모든 것에 들어가는 비용을 바쳐야 하는 백성들이 살고 있었다.

그러나 왕 역시 그런 식의 삶 말고는 달리 아는 것이

없었다. 넘치게 살든 가난하게 살든, 마드리드나 바르셀로나에 살든 다른 어디에서 살든, 사람 사는 방식이란 결국은 날마다 같은 것이다. 그래서 사람들은 지겨워한다. 그리고 그 때문에 다른 곳에 사는 사람들은 바르셀로나가 정말 멋질 거라고 상상하고, 또 바르셀로나에 사는 사람들은 다른 그 어딘가로 여행을 떠나고 싶어한다.

가난한 사람들은 왕으로 살면 얼마나 멋질까 하고 꿈꾸며, 그러면서 가난한 사람들에겐 가난이 어울린다고 자신들의 왕이 믿고 있을 거라는 생각에 괴로워한다.

아침이면 왕은 잠자리에서 일어나고 저녁이 되면 자러간다. 낮에는 온종일 갖가지 근심에 시달리며, 시종들과 황금과 은과 비단과 벨벳에 둘러싸인 채 지루해 못견딜 지경이고, 촛불까지도 지겹다. 왕의 침대는 화려하기 그지없지만 그 안에서 할 수 있는 일이라고는 잠 자는 게 고작이다.

시종들은 아침마다 깊이 허리를 굽혀 절을 한다. 매일 아침 똑같은 각도다. 왕은 거기에 익숙해져 있어 단한 번도 제대로 쳐다보지 않는다. 누군가가 왕에게 포크를 쥐어주고, 누군가는 나이프를 건네준다. 누군가가 왕의 의자를 뒤에서 밀어넣어 주고, 왕과 이야기를 나누는 사람들은 폐하, 폐하, 하며 온갖 미사여구만 늘어놓을 뿐 아무 내용도 없는 얘기만 한다.

누구도 왕에게 "이 멍청이, 이 돌대가리야" 하고 말하지는 않는다. 사람들이 오늘 그에게 하는 말은 이미 어제도 이야기한 것들이다.

사실이 그렇다.

그래서 왕들이 궁정에 어릿광대를 두는 것이다.

광대들은 왕을 웃기기 위해서라면 뭐든지 할 수 있고 말하고 싶은 대로 말할 수 있다. 그리고 광대가 왕을 더 이상 웃기지 못하면 왕은 그들을 죽여버리기도 했다.

언젠가 왕은 단어를 거꾸로 말하는 광대를 둔 적이 있었다. 왕은 그걸 재미있어했다. 광대는 "폐하" 대신 "하폐"라고 말했고, "궁전" 대신 "전궁"이라고 했으며 "안녕히 주무셨습니까" 대신 "주무셨안녕히습니까" 하고 말했다.

내 생각엔 멍청한 장난이었지만 왕은 그걸 좋아했다. 반년 동안은 재미있어했다. 7월 7일까지는 그랬다. 그러나 7월 8일에 왕이 자리에서 일어났을 때 광대가 다가와서 "주무셨안녕히습니까, 하폐" 하고 말하자 왕은 이렇게 외쳤다.

"이 녀석을 쫓아내라!"

그 다음에는 작고 뚱뚱한 어릿광대가 왔는데, '페페'라고 하는 이 광대가 왕의 마음에 들었던 시간은 고작 나흘이었다. 그는 궁정 귀부인이나 신사들, 제후와 공작과 남작들, 그리고 기사들의 의자에 꿀을 칠해놓는 것으로 왕을 웃겼다. 넷째날, 광대가 왕의 옥좌에 꿀을 발라놓자 왕은 더 이상 웃지 않았다. 그래서 페페는 더 이상 광대로 일할 수 없었다.

이제 왕은 세상에서 가장 흉측한 광대를 사들였다. 얼굴은 너무나 못생겼고 마르고도 뚱뚱했으며 키가 큰 동시에 작았다. 그리고 그의 왼쪽 다리는 둥글게 휘어 있었다. 그 광대가 말을 할 수 있는지, 일부러 말을 하지 않는 것인지, 아니면 원래 벙어리인지 누구도 몰랐다. 그의 눈빛은 악의에 차 있었고 얼굴은 퉁명스러워 보였다. 유일하게 그에게서 사랑스러운 것이 있다면 바로 그의 이름이었다. 그는 핸스헨('꼬마 한스'라는 뜻의 애칭)이라고 했다.

그러나 가장 끔찍한 것은 그의 웃음이었다. 그 웃음은 아주 나지막하게 뱃속 깊은 곳에서 울려나오듯 시작되어, 점점 끼룩거리는 소리로 높아지다가, 천천히 트림으로 변해 얼굴을 온통 붉게 물들이며 스스로 질식시킬 것처럼 보였다. 그러다가 마침내 웃음이 터져나오면 굉음을 내고 악을 썼다. 그런 다음 발을 구르고 춤을 추며 큰 소리로 웃어 댔다. 그럴 때 즐거워하는 사람은 왕뿐이었다. 다른 사람은 모두 하얗게 질려 덜덜 떨며 두려워했다. 궁전 주변에서 그 웃음소리를 들으면 사람들은 대문과 창문을 모두 닫아걸고 덧창을 내렸으며, 아이들을 침대로 보내고 밀랍으로 자신들의 귀를 틀어막았다.

핸스헨의 웃음은 이제까지 세상에 존재했던 웃음 중 가장 끔찍한 것이었다.

왕은 자기가 하고 싶은 말을 마음대로 할 수 있었고, 그 말을 듣고 핸스헨은 웃음을 터뜨렸다. 왕은 누구도 감히 웃을 수 없는 것들을 이야기했지만 그래도 핸스헨은 웃었다. 그러던 어느 날 왕은 말했다.

"핸스헨, 너는 교수형이다."

그러자 핸스헨은 웃음을 터뜨리며 고함을 지르기 시작했다. 이제까지 그렇게 요란하게 웃은 적은 한 번도 없었다.

왕은 핸스헨을 다음날 목매달기로 작정했다. 그래서 교수대를 만들게 했다. 왕은 진정으로 그렇게 결심한 것이었다. 교수대 앞에서 핸스헨이 웃는 소리를 듣고 싶었던 것이다. 그래서 왕은 이 끔찍한 연극을 모두가 구경해야 한다는 명령을 내렸다. 그러나 사람들은 집안에 숨어 빗장을 잠갔다. 그래서 아침이 되자 왕의 곁에는 교수형을 집행할 형리와 시종들과, 웃고 있는 핸스헨말고는 아무도 없었다.

　왕은 시종들에게 소리쳤다.

"사람들을 데려오너라!"

　시종들은 온 도시를 돌아다니며 샅샅이 뒤졌지만 한 사람도 찾아낼 수가 없었다. 그래서 왕은 화가 났고 핸스헨은 큰 소리로 웃었다.

　그때 마침내 시종들이 어린 소년 하나를 찾아내 왕 앞에 끌고 왔다. 이 작은 소년은 창백한 얼굴에 수줍음을 탔다. 왕은 교수대를 가리키며 소년에게 그곳을 쳐다보라고 명령했다.

　소년은 교수대를 쳐다보더니 미소를 지으며 손뼉을 쳤고, 놀란 표정으로 이렇게 말했다.

"정말 훌륭한 임금님이시군요. 비둘기들을 위해 저런 벤치를 지어주셨으니 말이에요. 보세요, 벌써 두 녀석이 저기 앉았잖아요."

"바보 같은 녀석! 넌 이름이 뭐냐?" 왕이 물었다.

"전 바보가 맞아요, 임금님. 그리고 제 이름은 콜롬보

예요. 어머니는 저를 콜롬빈이라고 부르죠."

"이 바보야, 여기서 누군가가 교수형을 당한단 말이다."

왕이 말했다.

"그 사람은 이름이 뭔데요?"

콜롬빈이 물었다. 그리고 그 이름을 듣고는 다시 말했다.

"예쁜 이름이네요. 핸스헨이란 말이죠. 어떻게 그런 예쁜 이름을 가진 사람을 목매달아 죽일 수 있죠?"

"너무 끔찍하게 웃기 때문이지."

왕이 말했다. 그리고 왕은 핸스헨에게 웃으라고 명령했다. 그러자 핸스헨은 어제보다 두 배는 더 무시무시하게 웃었다.

콜롬빈은 놀라며 물었다.

"임금님, 저 웃음소리가 끔찍하다고 생각하세요?"

왕은 깜짝 놀라 아무 대답도 하지 못했다. 그러자 콜롬빈은 말을 계속했다.

"저 웃음소리가 특별히 제 마음에 드는 건 아니에요. 하지만 비둘기들이 아직도 교수대 위에 앉아 있잖아요. 그 웃음소리가 비둘기들을 전혀 놀라게 하지 않은 거예요. 비둘기들은 그 웃음소리를 끔찍하다고 생각하지 않는 거죠. 저 녀석들은 아주 귀가 예민해요. 그러니까 핸스헨을 풀어주셔야 해요."

왕은 생각에 잠겨 있다가 이렇게 말했다.

"핸스헨, 꺼져버려라."

그러자 핸스헨은 처음으로 한 마디를 입 밖에 냈다. 그는 콜롬빈에게 "고마워!" 하고 말하면서 아주 아름답고 따뜻한 미소를 지어보이고는 그곳을 떠났다.

이제 왕에겐 어릿광대가 없었다.

"따라오너라."

왕이 콜롬빈에게 말했다.

왕의 시종과 시녀들, 귀족들과 모든 사람들은 콜롬빈이 새 궁정 광대가 되었다는 것을 알 수 있었다.

콜롬빈은 전혀 웃기지 않았다. 그저 가만히 서서 놀

라기만 했고, 거의 말 한 마디 하는 일이 없었으며, 소리 내어 웃지도 않았다. 콜롬빈은 그저 미소만 띠었고 누구도 웃겨주지 않았다.

"이 애는 어릿광대가 아니야. 바보일 뿐이지."

사람들은 그렇게 말했고, 그러면 콜롬빈도 따라했다.

"저는 광대가 아니에요. 바보일 뿐이죠."

그래서 사람들은 콜롬빈을 비웃었다. 왕이 이 사실을 알았더라면 화를 냈을 것이다. 그러나 콜롬빈은 왕에게 그런 얘기를 전혀 하지 않았다. 사람들이 자기를 비웃어도 아무렇지 않았기 때문이다.

궁정에는 힘센 사람과 머리 좋은 사람들이 있었다. 왕은 왕다웠고, 여자들은 아름다웠고, 남자들은 용감했다. 사제는 경건했고, 요리사 처녀는 부지런했다. 오로지 콜롬빈, 콜롬빈만이 아무것도 아니었다.

"자, 콜롬빈, 나랑 싸워보자."

누군가가 이렇게 말하면 콜롬빈은 대답했다.

"나는 당신보다 힘이 약해요."

"2 곱하기 7은 얼마지?"

누가 그렇게 물으면 콜롬빈은 대답했다.

"나는 당신보다 머리가 나빠요."

"시냇물을 건너뛸 용기가 있니?"

누가 그렇게 물으면 콜롬빈은 대답했다.

"아뇨, 그럴 용기는 없어요."

"하지만 너는 뭔가가 되어야 한다."

왕이 이렇게 말하면 콜롬빈은 물었다.

"사람들은 뭐가 될 수 있는데요?"

그러자 왕이 말했다.

"수염을 기른 저 사람 말이다. 구릿빛으로 거칠어진 얼굴을 한 저 사람은 뱃사람이지. 그는 뱃사람이 되고 싶어했고, 그래서 뱃사람이 되었단다. 그는 바다 위로 배를 몰고 다니며 자신의 왕에게 바칠 땅을 찾아내지."

"임금님이 원하신다면 뱃사람이 되겠어요."

콜롬빈이 대답했다.

그 말을 듣고 궁정 사람들 모두가 웃음을 터뜨렸다.

그러자 콜롬빈은 그 자리에서 도망쳐 궁전의 홀을 빠져나가며 외쳤다.

"나는 대륙을 발견할 거야, 나는 대륙을 발견할 거야!"

사람들은 서로 마주보며 고개를 절레절레 흔들었다. 콜롬빈은 궁전에서 달려나와 도시를 가로질러 들판으로 나갔다. 그리고 들판에 서서 그를 바라보는 농부들에게 외쳤다.

"나는 대륙을 발견할 거예요, 나는 대륙을 발견할 거예요!"

그런 다음 그는 숲 속으로 들어가 몇 주일 동안 잡목 숲 아래 몸을 숨기고 있었다. 몇 주가 지나도록 누구도 콜롬빈의 소식을 듣지 못했다. 그래서 왕은 슬퍼하며 자책감에 괴로워했다. 궁정 신하들은 자기들이 콜롬빈을 비웃었던 것 때문에 부끄러워했다.

그래서 그들은 몇 주가 지난 후 망루의 파수병이 팡파르를 울리고 콜롬빈이 들판을 건너 도시를 지나 성문

안으로 들어서서 왕 앞에 나타났을 때 모두 다 기뻐했다. 콜롬빈은 말했다.

"임금님, 콜롬빈이 대륙을 발견했습니다!"

궁정 신하들은 콜롬빈을 더 이상 비웃지 않으려고 생각했기 때문에 진지한 표정으로 물었다.

"그 대륙은 이름이 뭐지? 그리고 어디에 있지?"

"제가 지금 막 발견했기 때문에 아직 이름이 없습니다. 그리고 그 대륙은 저 멀리 바다 건너에 있습니다."

콜롬빈이 대답했다.

그때 수염을 기른 뱃사람이 일어서서 말했다.

"좋아, 콜롬빈. 나, 아메리고 베스푸치가 그 대륙을 찾으러 가겠다. 그게 어디 있는지 얘기해 봐."

"배를 타고 바다로 나가서 계속 앞으로 가세요. 육지가 나올 때까지 계속 가셔야 해요. 그리고 절대로 절망하셔서는 안 돼요."

콜롬빈은 그렇게 말하면서 너무나 겁이 났다. 거짓말을 했고, 그런 대륙은 없다는 걸 알고 있었기 때문이다.

그래서 콜롬빈은 잠을 이룰 수가 없었다.

그러나 아메리고 베스푸치는 대륙을 찾으러 길을 떠났다.

그가 배를 타고 어디로 갔는지는 누구도 모른다.

어쩌면 그도 숲 속에 숨어 있었는지도 모른다.

그러던 어느 날 팡파르가 울리고 아메리고가 돌아왔다.

콜롬빈은 얼굴을 붉힌 채 위대한 그 뱃사람을 똑바로 쳐다볼 엄두도 내지 못했다. 베스푸치는 왕 앞에 나서서 콜롬빈에게 살짝 윙크를 하고는 심호흡을 했다. 그런 다음 다시 한 번 콜롬빈에게 눈짓을 하고 나서 큰 소리를 또렷하게 모든 사람이 다 알아들을 수 있도록 말했다.

"폐하, 그 대륙은 정말 있습니다.'

콜롬빈은 베스푸치가 자기를 거짓말쟁이로 몰아세우지 않은 것이 너무나 기뻤다. 그래서 그에게 달려가 그를 끌어안으며 외쳤다.

"아메리고! 내 멋진 아메리고!"

그 말을 듣고 사람들은 그것이 그 대륙의 이름이라고 생각했다. 그래서 그들은 그 존재하지 않는 대륙을 '아메리카'라고 불렀다.

"너는 이제 사나이가 되었다. 이제부터 네 이름을 콜럼버스라고 하자."

왕은 콜롬빈에게 이렇게 말했다.

그래서 콜럼버스는 유명해졌고, 모두 그에게 감탄하며 귀엣말로 속삭였다.

"저 사람이 아메리카를 발견했대."

그래서 모두들 아메리카가 진짜로 있다고 믿었다. 혼자만 죽을 때까지 그 대륙의 존재를 의심했다. 하지만 뱃사람 베스푸치에게 진실을 물어볼 용기는 결코 내지 못했다.

그러나 곧 다른 사람들이 배를 타고 아메리카로 갔고, 머지않아 아주 많은 사람들이 가게 되었다. 그리고 그 항해에서 돌아온 사람들은 그렇게 주장했다.

"아메리카는 있다!"

나에게 이 이야기를 들려준 남자는 이렇게 말했다.

　"나는 한 번도 아메리카에 가본 적이 없습니다. 아메리카가 정말 있는지 없는지도 모릅니다. 어쩌면 사람들은 콜롬빈을 실망시키지 않으려고 그냥 그렇게 말하는지도 모르지요. 그래서 두 사람이 아메리카에 대해 이야기할 때면 지금도 여전히 윙크를 한답니다. 그래서 그들은 확실하게 아메리카라는 이름을 부르지 않고, 대개는 좀 애매하게 '연방'이라든가 '바다 건너'라든가 뭐 그런 표현을 쓰죠."

　이미 사람들은 아메리카에 가려는 이들에게 비행기나 배에서 콜롬빈의 이야기를 들려줄 것이다. 그러면 미국에 가려던 이들은 어딘가에 숨어 있다가 나중에 돌아와서 카우보이와 마천루와 나이애가라 폭포와 미시시피 강, 뉴욕과 샌프란시스코에 대한 얘기를 늘어놓는 건지도 모른다.

　어쨌든 모두들 똑같은 얘기를 한다. 그리고 그 모든 사람들은 여행을 떠나기 전부터 이미 알고 있던 것들을

얘기하는 것이다. 바로 그렇기 때문에 그 얘기는 대단히 의심스럽다.

그러나 여전히 사람들은 콜럼버스가 실제로 누구였느냐를 놓고 싸운다.

나는 그가 누군지 안다.

발명가

Der Erfinder

발명가란 배워서 될 수 있는 직업이 아니다. 그래서 발명가는 드물다. 오늘날엔 발명가라는 게 도대체 있지도 않다. 요즈음에는 발명가라는 게 도대체 있지도 않다. 요즈음에는 발명가가 물건을 발명하는 게 아니라 엔지니어나 기술자나 기능공, 목수, 또는 건축가나 미장공이 그것들을 만든다. 그러나 사람들 대부분은 아무것도 발명하지 않는다.

하지만 예전에는 그래도 발명가라는 게 있었다. 그중 한 사람이 에디슨이다. 그는 전구와 전축을 발명했다. 당시 사람들은 그것을 유성기라고 불렀다. 그는 마이크를 발명했고 세계 최초로 발전소를 건설했다. 또 활동사진 촬영기를 만들었고, 영사기를 발명했다.

그는 1931년에 세상을 떠났다.

그가 없었다면 우리는 전구 없이 살고 있을 것이다.

발명가란 그렇게도 중요하다.

그 마지막 발명가가 1931년에 죽었다.

1890년에 발명가 한 사람이 더 태어나긴 했다. 그리고 그는 아직도 살아 있다. 누구도 그를 모른다. 그는 발명가가 더 이상 존재하지 않는 시대에 살고 있기 때문이다.

1931년 이후로 세상에 발명가라고는 그 하나뿐이다.

그는 그 사실을 모른다. 그가 세상에서 유일한 발명가가 된 그 즈음에 그는 이미 도시를 떠났고, 그 이후로 한 번도 사람들 속에서 살지 않았기 때문이다. 하긴 발명가는 방해받지 않는 조용한 곳에서 살아야 할 것이다.

그는 도시에서 멀리 떨어진 곳에서 살았고 집 밖으로

나가는 일이 결코 없었으며 손님이 찾아오는 경우도 아주 드물었다.

그는 온종일 계산을 하고 도면을 그렸다. 몇 시간씩 꼼짝 않고 앉아 미간에 주름을 모은 채 손으로 자꾸만 자기 얼굴을 쓰다듬으며 생각에 잠겼다.

그러다가는 자기가 계산한 것들을 갈기갈기 찢어 던져버리고 다시 새로운 계산을 시작했다. 그래서 저녁이 되면 그는 신경이 날카로워지고 기분이 나빠졌다. 이번에도 성공하지 못했기 때문이다.

그는 자기가 그린 도면을 이해하는 사람을 보지 못했다. 그러므로 사람들과 이야기를 나누는 건 아무 의미가 없었다. 40년 전부터 그는 줄곧 자기 일에 매달려 왔고, 누군가 손님이 찾아오면 작업하던 설계도를 숨겼다. 남들이 자신의 발명을 베껴갈까봐 두려웠고, 사람들이 자신을 비웃을까봐 겁이 났기 때문이다.

그는 일찍 잠자리에 들고 일찍 일어나 온종일 일을 했다. 우편물을 받는 일도 없었고, 신문도 읽지 않아 라디오라는 게 있다는 사실도 몰랐다.

그리고 이처럼 긴 세월이 지난 어느 날 저녁, 그는 기분이 좋아졌다. 마침내 발명에 성공했기 때문이다. 그러자 그는 이제 전혀 잠을 자려 하지 않았다. 밤낮으로 그는 자기 설계도를 들여다보며 검토를 거듭했다. 모든 것이 제대로 되어 있었다.

그는 설계도를 돌돌 말아들고 몇십 년 만에 처음으로 시내에 나갔다. 도시는 완전히 달라져 있었다.

말들이 지나다니던 길에 이제는 자동차가 다녔다. 백화점에는 에스컬레이터가 있었고 열차는 더 이상 증기로 다니지 않았다. 전철은 땅 밑으로 다녔으며 그것을 지하철이라고 불렀다. 사람들이 들고 다닐 수 있는 작은 상자에서는 음악이 흘러나왔다.

발명가는 놀랐다. 그러나 그는 발명가였기 때문에 모든 것을 아주 빠르게 이해할 수 있었다.

그는 냉장고를 보고 외쳤다. "아하!"

전화를 보고 외쳤다. "아하!"

그리고 빨간색과 초록색 신호등을 보자 빨간 불일 때는 멈춰 서서 기다려야 하고 녹색 불일때는 건너가도 괜찮다는 것을 알아차렸다.

그래서 그는 빨간 불일 때 기다리고 녹색 불일 때 건너갔다.

이렇게 모든 것을 이해했지만 그는 많은 것에 너무나 놀라서 자기 자신의 발명품에 대해서는 거의 잊어버릴 정도였다.

자신의 발명품이 다시 머리에 떠올랐을 때 그는 마침 빨간 불이 켜져 신호등 앞에서 기다리고 있는 한 남자에게 다가가 이렇게 말했다.

"실례합니다, 선생님. 저는 발명을 하나 했습니다."

그러자 그 신사는 상냥하게 대꾸했다.

"그래서요, 어떻게 하시려구요?"

그러자 발명가는 자기가 무엇을 해야 할지 알 수가 없었다.

"그러니까 그게 아주 중요한 발명이란 말입니다."

발명가는 그렇게 말했다. 그러나 그때 신호등이 녹색으로 바뀌었기 때문에 그들은 길을 건너가야 했다.

그러나 아주 오랫동안 그 도시에 살지 않았으면 그 도시를 제대로 알 수가 없다. 그래서 발명을 했다 하더라도 그걸 가지고 어디로 가야 할지를 모른다.

"나는 발명을 하나 했습니다" 하고 말하는 발명가에게 과연 뭐라고 대답할 수 있을까?

사람들 대부분은 아무 대꾸도 하지 않았고, 몇몇 사람은 그 발명가를 비웃었다. 그리고 다른 몇몇은 아무 말도 못 들은 것처럼 계속 걸어갔다.

그 발명가는 아주 오랫동안 사람들과 이야기를 하지 않았기 때문에 대화를 어떻게 시작해야 하는지도 몰랐다. "실례합니다, 지금 몇 시쯤 됐습니까?" 또는 "오늘은 날씨가 나쁘군요"라는 말로 이야기를 시작한다는 것도 몰랐던 것이다.

"선생, 나는 발명을 하나 했습니다."

그냥 무턱대고 이렇게 말하는 것이 무례한 일이라는 생각을 그는 하지 못했다. 그래서 누군가가 전철에서 자신에게 "볕이 좋은 날이군요" 하고 말했을 때 발명가는 "그래요, 정말 날씨가 좋군요" 하고 말하는 대신 금방 이렇게 대꾸했다.

"선생, 나는 발명을 하나 했습니다."

그는 다른 것은 아무것도 생각할 수 없었다. 그가 발명한 것은 위대하고, 정말 중요하고, 아주 특별한 것이었기 때문이다. 자기 설계도가 완벽하다고 그토록 자신할 수 없었다면 자기 스스로도 그것이 대단한 발명이라고 믿을 수 없었을 것이다.

그는 멀리 떨어진 곳에서 일어나는 일도 볼 수 있는 기계를 발명했다.

그는 전차에 올라타 승객들 다리 사이를 젖히고 바닥에 자기 설계도를 펼쳐놓고는 이렇게 외쳤다.

"여기 좀 보십시오, 나는 멀리 떨어진 곳에서 일어난 일도 다 볼 수 있는 기계를 발명했습니다."

승객들은 마치 아무 일도 일어나지 않은 것처럼 전차를 타고 내렸다. 발명가는 다시 외쳤다.

　"이것 좀 보세요, 나는 발명을 했습니다. 여러분은 이 기계로 멀리서 일어나는 일도 볼 수 있어요."

　"저 사람이 텔레비전을 발명했대."

　누군가가 이렇게 외치자 모두들 웃음을 터뜨렸다.

　"도대체 왜 웃는 겁니까?"

　발명가가 물었다. 그러나 누구도 대답해주지 않았다. 그래서 그는 전차에서 내려 거리를 걸어갔다. 신호등이 빨간 불일 때는 멈춰서고 초록색으로 바뀌면 건너갔다. 그는 어느 음식점에 들어가 커피를 주문했다. 옆자리 남자가 "날씨가 좋지요?" 하고 말을 걸자 발명가가 말했다.

　"좀 도와주십시오. 나는 텔레비전을 발명했어요. 그런데 누구도 그걸 믿어주지 않는군요. 다들 나를 비웃기만 합니다."

　그러자 옆자리에 앉아 있던 남자는 아무 대꾸도 하지 않고 발명가를 한참 바라보았다. 발명가가 물었다.

"사람들이 도대체 왜 웃는 겁니까?"

그러자 남자가 대답했다.

"텔레비전은 벌써 오래전부터 있었으니까 새삼스럽게 발명할 필요가 없지요. 그래서 웃는 겁니다."

그러면서 그는 음식점 구석에 놓인 텔레비전을 가리키며 물었다.

"저걸 한번 켜볼까요?"

그러나 발명가는 대답했다.

"됐습니다, 보고 싶지 않아요."

그는 일어나 음식점을 나섰다.

그는 설계도를 음식점에 놓아두고 갔다.

발명가는 거리를 걸어가며 이제 신호등 색깔에 신경을 쓰지 않았다. 그래서 운전자들은 화를 내며 '돌았다'는 뜻으로 손을 들어 자기 이마를 톡톡 쳤다.

그 이후로 발명가는 다시는 시내에 나가지 않았다.

그는 집에 돌아가 이제 오로지 자기 자신을 위해서

발명을 계속했다.

그는 종이를 가져다가 '자동차'라고 써놓고, 몇 주일씩 몇 달씩 계산을 하고 도면을 그려 다시 자동차를 발명했다. 그런 다음 그는 에스컬레이터를 발명하고 전화를 발명하고 냉장고를 발명했다.

도시에 나가서 보고 온 모든 것을 그는 다시 한 번 발명했다.

그리고 매번 한 가지 발명을 마치고 나면 그 설계도를 갈기갈기 찢어 내던지며 말했다.

"이건 벌써 세상에 나와 있어."

그러나 그는 평생 제대로 된 발명가로 살았다. 왜냐하면 이미 세상에 있는 물건들이라 할지라도 그것을 발명하기란 어려운 일이며, 그건 오로지 발명가만이 할 수 있는 일이기 때문이다.

기억력이 좋은 남자

Der Mann mit dem Gedächtnis

내가 아는 어떤 남자는 열차 시간표를 하나도 빠짐없이 외우고 있었다. 세상에서 그를 즐겁게 하는 유일한 것이 바로 열차였기 때문이다. 그래서 그는 온종일 역에서 살다시피 하며 열차들이 도착하고 떠나는 것을 지켜보았다. 그는 열차에 넋을 잃었다. 기관차의 힘과 바퀴의 크기에 감탄했고, 차에 올라타는 차장과 역장들에게 감탄했다.

그는 열차 하나하나를 다 알고 있었고, 그 열차가 어디서 출발해서 어디로 가는지, 어느 시각에 어디에 도착하는지, 그리고 그곳에서 다시 어떤 열차가 출발해서 언제 도착하는지를 모조리 알고 있었다.

그는 열차 번호를 알고 있었고, 무슨 요일에 그 열차들이 운행하는지, 그 열차에 식당칸이 있는지 없는지, 그 열차를 타면 연결 차량을 오래 기다려야 하는지 바로 갈아탈 수 있는지 따위까지 모두 알고 있었다. 그는 어떤 열차가 우편 수송 차량을 끌고 가는지, 프라우엔펠트, 올텐, 니더비프 또는 다른 어떤 곳으로 가는 차표를 사려면 얼마를 내야 하는지도 알고 있었다.

그는 술집에 가지도 않았고 영화관에 가는 일도, 산책을 나서는 일도 없었다. 자전거도 라디오도 텔레비전도 없었고, 신문도 책도 읽지 않았다. 편지를 받았다 하더라도 아마 읽지 않았을 것이다. 온종일 역에서 보내느라 그럴 시간이 없었던 것이다. 5월과 10월에 열차 시간표가 바뀔 때만 이삼 주 동안 역에서 그를 볼 수 없었다.

그때가 되면 그는 온종일 집에 틀어박혀 책상 앞에 앉아 새 열차 시간표를 첫 페이지에서 마지막 페이지까지 외우면서, 이전 시간표와 달라진 부분을 알아차리고 즐거워했던 것이다.

　누군가가 그에게 열차 출발 시간을 물어보는 일도 있었다. 그러면 그는 얼굴이 환하게 밝아지며 그 사람이 어디로 여행을 떠날 것인지 정확하게 알고 싶어했다. 그래서 그에게 질문했던 사람은 붙잡혀 있느라고 십중 팔구는 열차 출발 시간을 놓치곤 했다. 왜냐하면 그가 출발 시간을 알려주는 것만으로 결코 만족하지 못하고, 그 열차의 번호와 총 차량수와 가능한 연결 노선들과 운행 소요 시간 등을 속사포처럼 쏟아냈기 때문이다. 이 열차를 타면 파리로 갈 수 있으며, 어디서 차를 갈아타야 하고 언제 도착하는지까지 모두 설명해주었다. 그러면서 그는 사람들이 이런 것에 관심을 갖지 않는다는 사실을 이해하지 못했다. 모든 지식을 풀어놓기 전에 질문을 한 사람이 그를 남겨두고 가버리면, 그는 몹시 화를 내며 욕을 하고 등 뒤에 대고 외쳤다.

　"당신은 열차가 뭔지를 전혀 몰라!"

　그 자신은 결코 열차를 타는 일이 없었다.

그럴 필요가 없다고 그는 말했다.

언제 열차가 도착하는지 미리 다 알고 있기 때문이라는 것이었다.

"기억력이 나쁜 사람들이나 열차를 타는 거야. 기억력이 좋다면 사람들은 나처럼 출발 시간과 도착 시간을 외울 수 있겠지. 그러면 굳이 그 시간을 체험하기 위해서 열차를 탈 필요가 없는 거야." 그는 그렇게 말했다.

나는 그를 설득하려고 이렇게 말했다.

"하지만 기차 여행을 즐기는 사람들이 있지요. 그런 사람들은 즐겨 철도를 이용하면서 창 밖을 내다보며 자기가 지나가고 있는 곳을 열심히 구경하는 거랍니다."

그 말을 듣자 그는 화를 냈다. 내가 자기를 비웃는다고 생각했기 때문이다. 그래서 그는 이렇게 말했다.

"그것도 다 열차 시간표 안에 들어 있다구요. 루터바흐를 지나면 그 다음에는 다이티겐, 그 다음에는 방엔, 그리고 니더비프, 윈징엔, 오버부흐지텐, 에거킹엔, 그리고 해겐도르프를 지난다는 사실 말입니다."

"아마 사람들은 어디론가 가고 싶어서 열차를 타는 건지도 모르죠." 내가 말했다.

"그것도 사실이 아니에요. 왜냐하면 사람들 대부분이 언젠가는 다시 돌아오기 때문이죠. 심지어는 매일 아침 여기서 기차를 타고 매일 저녁 다시 여기로 돌아오는 사람들도 있습니다. 그렇게 기억력이 나쁘다는 거죠."

그리고 그는 역에 있는 사람들에게 욕을 퍼붓기 시작했다. 그는 사람들 등 뒤에 대고 외쳤다.

"이런 바보 멍청이들! 그렇게 기억력이 없다니!"

그는 그들에게 계속 소리쳤다.

"이 차를 타면 해겐도르프를 지나간다구!"

그러면서 그는 자기가 그 사람들 기분을 망쳐놓았다고 믿었다.

그는 이렇게 외쳤다.

"이런 돌대가리 같으니라고, 당신은 벌써 어제 기차를 타봤잖아."

그래도 사람들이 그냥 웃기만 하자 그는 사람들을 승

강구에서 끌어내리며 제발 열차를 타지 말라고 애원했다.

"내가 여러분에게 모든 것을 알려주겠소. 여러분은 14시 27분에 해겐도르프 역을 통과합니다. 그게 확실해요. 그러니 여러분은 쓸데없는 일에 돈을 낭비하고 있다는 사실을 알게 될 겁니다. 열차 시간표에는 모든 것이 다 적혀 있어요."

그는 그렇게 고함을 쳤다.

그는 사람들을 두들겨 패려고 한 적도 있었다.

"말로 해서 안 들으면 몸으로 느끼게 해줘야지!"

그는 그렇게 외쳤다.

일이 그렇게 되자, 역장은 얌전하게 처신하지 않으면 역에 들어오지 못하게 하겠다고 그에게 말하지 않을 수 없었다. 그러자 그 남자는 기겁을 했다. 역 없이는 살 수 없었기 때문에 그는 더 이상 아무 말도 하지 않고 온종일 벤치에 앉아 열차들이 도착하고 떠나는 것을 바라보며, 그저 이따금씩 혼자말로 숫자 몇 개를 중얼거릴 뿐이었다. 그리고 열차를 타는 사람들을 바라보고 있었다.

그는 그들을 이해할 수가 없었다.

　원래 이 이야기는 여기서 끝나야 할 것이다.

　그러나 몇 년이 지난 뒤에 역에 안내 사무소가 문을 열었다. 제복을 입고 거기 앉아 있는 철도청 공무원은 열차에 대한 질문이라면 뭐든지 척척 대답을 해주었다. 그러나 기억력이 좋은 그 남자는 그 사실을 믿지 못하고, 날마다 안내 사무소로 찾아와 그 공무원을 테스트하기 위해 뭔가 아주 복잡한 질문을 던졌다.

　그는 이렇게 물었다.

　"여름철에 일요일마다 16시 24분에 뤼베크에 도착하는 열차 번호가 몇 번입니까?"

　철도청 공무원은 책을 들춰보고는 번호를 알려주었다.

　그는 이런 질문도 했다.

　"내가 여기서 6시 59분에 출발하는 열차를 타면 언제 모스크바에 도착하게 됩니까?"

　공무원은 그에게 언제라고 대답해주었다. 그러자 기

억력이 좋은 남자는 집으로 돌아가 갖고 있던 열차 시
간표들을 불태워버리고, 외우고 있던 모든 것을 깡그리
잊어버렸다.

그러나 그 다음 날 그는 다시 공무원을 찾아가 물었다.

"역 앞에 있는 계단은 전부 몇 개죠?"

그러자 공무원이 대답했다.

"그건 모르겠는데요."

그러자 그 남자는 신이 나서 온 역 안을 뛰어다니고
공중으로 펄쩍펄쩍 뛰면서 외쳤다.

"공무원도 모른다, 공무원도 모른다!"

그리고 그는 밖으로 나가 역 앞 계단 개수를 세어보
고는 이제 아무런 열차 출발 시간도 들어 있지 않은 자
기 머릿속에 그 숫자를 새겨넣었다.

그 후로 역에서 그를 본 사람은 아무도 없었다.

그때부터 그 남자는 집집마다 돌아다니며 계단 수를
센 다음 그걸 외워두었다. 그래서 이제 그는 세상의 어떤
책 속에도 적혀 있지 않은 숫자들을 기억하게 되었다.

그러나 그가 도시 전체의 계단 수를 다 알게 되었을 때 그는 다시 역으로 갔다. 그러고는 창구로 가서 차표를 사고 평생 처음으로 열차를 탔다. 다른 도시로 가서 거기서도 계단 수를 세려는 생각이었다. 그런 다음에는 열차 여행을 계속해 온 세상의 계단 수를 다 세어볼 생각이었다. 세상 누구도 알지 못하는 것, 그리고 어떤 공무원도 책에서 찾아볼 수 없는 것을 알기 위해서였다.

요도크 아저씨의 안부 인사

Jodok läßt grüßen

요도크 아저씨에 대해 내가 아는 것이라고는 그분이 할아버지의 친척 아저씨였다는 사실뿐이다. 요도크 아저씨가 어떻게 생긴 분이었는지도 모르고, 어디 사셨고 무슨 일을 하셨는지도 나는 모른다.

내가 아는 건 오로지 요도크라는 이름뿐이다.

그리고 나는 요도크 아저씨말고는 그런 이름을 가진 사람을 본 적이 없다.

할아버지는 이야기를 들려주실 때면 늘 이렇게 시작하셨다.

"요도크 아저씨가 아직 살아계실 때", "내가 요도크

아저씨를 뵈러 갔을 때", "요도크 아저씨가 나에게 하모니카를 선물로 주셨을 때."

그러나 할아버지는 한 번도 요도크 아저씨에 관해 말씀하신 적이 없었다. 요도크 아저씨가 아직 살아 계시던 시절, 요도크 아저씨를 뵈러 갔을 때 있었던 일, 그리고 요도크 아저씨에게서 선물받은 하모니카 이야기를 하셨을 뿐이다. 그리고 사람들이 할아버지께 "요도크 아저씨가 누군데요?" 하고 여쭈어 보면 할아버지는 "아주 현명한 분이었지"라고만 말씀하셨다.

하지만 할머니는 그런 삼촌을 전혀 모르고 계셨다. 그리고 우리 아버지는 그 이름만 들으면 웃음을 터뜨리셨다. 아버지가 소리내어 웃으면 할아버지는 화를 내셨고, 그럴 때면 할머니가 이렇게 대꾸하셨다.

"아 그래, 맞아요, 그 요도크 아저씨."

그러면 할아버지는 기분이 좋아지셨다.

오랫동안 나는 요도크 아저씨를 산림감독관으로 알고 있었다. 왜냐하면 언젠가 내가 할아버지한테 "저는 산림감독관이 되고 싶어요" 하고 말씀드렸더니 "그러면 요도크 아저씨가 기뻐하실 거다" 하고 대답하셨기 때문이다.

그러나 내가 기관사가 되고 싶다고 말했을 때도 할아버지는 같은 얘기를 하셨고, 내가 아무것도 되고 싶지 않다고 했을 때도 역시 같은 대답을 하셨다. 할아버지의 대답은 언제나 한 가지였다.

"그러면 요도크 아저씨가 기뻐하실 거다."

하지만 할아버지는 거짓말쟁이셨다.

할아버지를 좋아하긴 했지만 그분은 오래 사시다 보니 거짓말쟁이가 되시고 말았다.

할아버지는 자주 전화기 쪽으로 가서 수화기를 들고 번호를 돌린 다음 이렇게 말씀하셨다.

"안녕하십니까, 요도크 아저씨? 어떻게 지내세요, 요도크 아저씨? 아닙니다, 요도크 아저씨. 예, 물론이죠, 그렇습니다, 요도크 아저씨."

우리는 할아버지가 수화기걸이를 손으로 누른 채 그

냥 전화하는 척하신다는 걸 모두 알고 있었다.

할머니도 그 사실을 알고 계셨지만, 그래도 할머니는 할아버지한테 이렇게 소리치셨다.

"이제 전화 그만하세요. 요금이 너무 많이 나와요."

그러면 할아버지는 전화기에 대고 이렇게 말씀하셨다.

"이제 그만 끊어야겠습니다, 요도크 아저씨."

그러고는 우리한테 오셔서 "요도크 아저씨가 안부 전해달라고 하신다" 하고 말씀하셨다.

그 전에는 언제나 "요도크 아저씨가 아직 살아 계실 때"라고 하시던 할아버지가 이제는 "요도크 아저씨를 한번 찾아뵈어야 해" 하고 말씀하신다.

때로는 "요도크 아저씨가 분명히 우리 집에 찾아오실 거야" 하시면서 무릎을 탁 치시지만, 그건 우리가 보기에 별로 그럴듯해 보이지 않았다. 그러면 할아버지는 그 사실을 알아차리시고는 조용해지셔서 잠시 동안 요도크 아저씨 이야기를 하지 않으셨다.

그러면 우리는 안도의 한숨을 내쉬었다.

하지만 할아버지는 금방 요도크 아저씨 이야기를 다시 시작하셨다.

요도크 아저씨가 전화하셨어.

요도크 아저씨가 항상 말씀하셨지.

요도크 아저씨도 같은 생각이셔.

저 사람은 요도크 아저씨처럼 모자를 쓰고 다니는군.

요도크 아저씨는 산책하기를 좋아하시지.

요도크 아저씨는 아무리 추워도 문제없어.

요도크 아저씨는 사랑하시고 동물들을 사랑하시고, 요도크 아저씨는 산책을 하시고 아무리 추워도 동물들을 데리고 산책을 하시고, 요도크 아저씨는 동물들을 데리고 요도크 아저씨는 아무리 추워도 문제없어, 요도크 아저씨는 문제없어, 요도크 아저씨는, 요-도-크 아-저-씨-는.

그리고 손자인 우리들이 할아버지께 가면 할아버지는 "2 곱하기 7은 얼마냐"라든가 "아이슬랜드의 수도는 어디지?" 따위를 묻는 대신 "요도크를 어떻게 쓰지?" 하고 물으셨다.

　요도크라는 이름은 길다란 '요트 J'로 시작하고 끝은 '체카CK'가 아니라 그냥 '카K'였다. 그런데 이 이름에서 문제가 되는 것은 두 개나 되는 '오O'였다. 그 '오' 발음은 더 이상 참을 수가 없었다. 할아버지 방에서는 온종일 요도크의 '오' 자만 들렸기 때문이다.

　할아버지는 요오오도오오크의 '오'를 너무나 좋아하셔서 늘 이렇게 말씀하셨다.

　"옹켈 요도크 코흐트 그로쎄 보오넨(요도크 아저씨가 큰 콩을 삶고 계신다)."

　"옹켈 요도크 로옵트 덴 노오르트포올(요도크 아저씨가 북극을 예찬하신다)."

　"옹켈 요도크 토옵트 프로오(요도크 아저씨가 미친 듯이 기뻐하신다)."

　상태는 점점 고약해져서 할아버지는 마침내 모든 고음을 '오'로 발음하시기 시작했다.

　"요도크 오조씨는 오리를 촛오오실 고요(요도크 아저씨

는 우리는 찾아오실 거야), 오조씨는 효몽혼 본이지(아저씨
는 현명한 분이지), 오리 내일 오조씨혼테 고조(우리 내일 아
저씨한테 가자)"라고 하시는 것이었다.

사람들은 점점 할아버지를 두려워하기 시작했다. 그
리고 할아버지는 이제 요도크라는 사람을 전혀 모른다
고, 그런 이름을 가진 사람은 한 번도 안 적이 없다고까
지 우기기 시작하셨다. 요도크 아저씨 얘기는 '우리가'
먼저 시작했다는 게 할아버지의 주장이었다. "요도크 아
저씨가 누구예요?" 하고 물은 것도 '우리'였다는 것이다.

할아버지와 다투는 건 아무 의미가 없었다.

할아버지에겐 세상에서 요도크 아저씨말고는 아무
것도 없었다.

벌써 할아버지는 우편배달원 아저씨에게 "안녕하십
니까, 요도크 씨?"라고 인사를 건넸고, 다음으로는 나를
요도크라고 부르셨고, 얼마 지나지 않아 모든 사람들을
요도크라고 부르셨다.

"내 사랑하는 요도크"라고 할 때는 요도크가 애칭이

었고, "이 못돼먹은 요도크"라고 말할 때는 욕이 되었다. 그런가 하면 "요도크한테나 떨어져라"라는 저주로도 쓰였다.

할아버지는 "배가 고프구나"라는 말씀도 하시지 않게 되었다. 그 대신, "나는 요도크가 고프구나"라고 하셨다. 나중에는 '나'라는 말까지 빼버리고 "요도크는 요도크가 고프다"라고 하셨다.

신문을 받아드시면 할아버지는 '요도크와 요도크' 면을 펼치셨다. 그건 사고와 범죄사건에 관한 기사들이었는데, 할아버지는 그것들을 우리에게 이렇게 읽어주셨다.

"요도크 요일에 요도크 근교의 요도크라는 곳에서 요도크 하나가 발생하여 두 요도크를 앗아갔다. 어떤 요도크가 요도크를 타고 요도크부터 요도크까지 운항했다. 잠시의 요도크 후에 어떤 요도크를 태운 요도크의 요도크가 요도크에서 발생했다. 그 요도크의 요도크인 요도크 요도크, 그리고 그의 요도크인 요도크 요도크가 요도크에서 사망했다."

할머니는 손으로 귀를 틀어막고 소리쳤다.

"더 이상 듣고 있을 수가 없어요, 이젠 참을 수가 없다구!"

그러나 할아버지는 멈추시지 않았다. 돌아가실 때까지도 그만두시지 않았고 아주 오래오래 사셨다.

나는 할아버지를 무척 좋아했다. 말년에는 요도크 말고는 아무 얘기도 안 하셨지만 할아버지와 나는 그래도 서로 아주 잘 통했다.

나는 아주 어렸고 할아버지는 아주 나이가 많으셨다. 할아버지는 나를 무릎에 앉히고, 요도크에게 요도크에 대한 요도크를 요도크해주셨다. 이 말은 이런 뜻이다. '할아버지는 나에게 요도크 아저씨에 대한 이야기를 들려주셨다.' 그리고 나는 할아버지가 들려주신 이야기들을 무척 좋아했다.

나보다 나이가 많고 할아버지보다는 젊었던 모든 사람들은 그 이야기들을 전혀 이해하지 못했고, 할아버지가 나를 무릎 위에 앉히시는 것마저도 좋아하지 않았다. 할아버지가 돌아가셨을 때 나는 아주 많이 울었다.

나는 가족과 친척들 모두에게 할아버지의 묘비에 '프리드리히 글라우저'라고 쓰지 말고 '요도크 요도크'라고 써야 한다고 말했다. 할아버지가 그러길 바라셨다고 말이다. 사람들은 내가 그렇게 울며 말했는데도 내 말을 귀담아 듣지 않았다.

하지만 서운하게도, 참으로 서운하게도 이 이야기는 진짜 있었던 일이 아니다. 그리고 안됐지만 우리 할아버지는 거짓말쟁이가 아니셨다. 그리고 유감스러운 일이지만 그렇게 오래 사시지도 못했다.

할아버지가 돌아가셨을 때 나는 아주 어렸고, 언젠간 한번 할아버지가 "요도크 아저씨가 아직 살아 계셨을 때"라고 말씀하시는 것을 들었을 뿐이다. 그때 내가 별로 좋아하지 않았던 우리 할머니가 퉁명스럽게 소리를 지르셨다.

"그놈의 요도크 소리 좀 집어치워요!"

그러자 할아버지는 아무 말도 못 하고 서글픔을 참고 계시다가, 미안하다고 하셨다.

　그때 나는 엄청나게 화가 났다. 그건 내가 기억하는 최초의 분노였다. 그때 나는 이렇게 외쳤다.

　"나한테 요도크라는 아저씨가 있었다면 나는 요도크 아저씨 얘기말고는 아무 얘기도 하지 않을 거야!"

　우리 할아버지가 그렇게 하셨더라면 아마도 오래오래 사셨을 것이다. 그랬더라면 할아버지는 어쩌면 지금까지도 살아계실 테고, 할아버지와 나는 말이 아주 잘 통했을 것 같다.

아무것도 더
알고 싶지 않았던 남자

Der Mann, der nichts mehr wissen wollte

"나는 이제 아무것도 더 알고 싶지 않아."

더 이상 아무것도 알고 싶지 않은 남자가 말했다.

아무것도 더 알고 싶지 않은 남자는 "나는 이제 더 이상 아무것도 알고 싶지 않아"라고 말했다.

그렇게 말하기는 너무 일렀다.

그렇게 말하기는 너무 일렀다.

그때 벌써 전화벨이 울렸다.

아무것도 더 이상 알고 싶지 않으니 벽에서 전화선을 뽑아버렸어야 옳았을 텐데, 그는 수화기를 집어들었다.

"안녕하십니까?"

상대방이 말했다.

그래서 남자도 말했다.

"안녕하십니까?"

"오늘은 날씨가 좋군요."

상대방이 말했다.

그런데 남자는 "나는 아무것도 알고 싶지 않습니다" 라고 하지 않고 오히려 "정말 그래요, 오늘은 날씨가 참 좋군요"라고 말했다.

그러자 상대방은 뭔가를 더 얘기했다.

그리고 남자도 뭔가를 더 얘기했다.

그런 다음 그는 수화기를 내려놓고 나서 너무도 화가 났다. 이제 날씨가 좋다는 사실을 알게 되었기 때문이다.

그래서 그는 벽에서 전화선을 뽑아버리고 외쳤다.

"나는 그것도 알고 싶지 않아. 그러니까 그걸 잊어버려야지."

그렇게 말하기는 너무 일렀다.

그렇게 말하기는 너무 일렀다.

왜냐하면 창문을 통해 햇빛이 비쳐들었기 때문이다.

창밖에 볕이 나면 우리는 날씨가 좋다는 사실을 알수 있다. 남자는 덧창을 닫았지만, 그래도 그 틈새로 햇빛이 새어들어 왔다.

남자는 종이를 가져다가 그걸로 유리창을 다 발라버리고 어둠 속에 앉아 있었다.

그렇게 한참을 앉아 있는데 아내가 와서 종이로 가려놓은 창문을 보고 소스라치게 놀랐다. 아내는 물었다.

"어떻게 된 거예요?"

"햇볕을 가리려는 거야." 남자가 대답했다.

"그러면 빛이 전혀 안 들어와서 너무 어둡잖아요."

아내가 말했다.

"그런 단점이 있군. 하지만 이렇게 하는 편이 나아. 햇볕이 들지 않아서 어둡긴 하지만 적어도 날씨가 좋다는 것은 모를 수 있잖아."

"날씨가 좋은 게 왜 싫은데요? 날씨가 좋으면 기분이 좋잖아요."

아내가 물었다.

"날씨가 좋은 게 싫다는 건 아니야. 날씨에 대해서는 아무 감정이 없어. 나는 다만 날씨가 어떤지 알고 싶지 않은 것뿐이야."

"그렇다면 방에 불이라도 켜요."

아내가 이렇게 말하면서 스위치를 돌려 전등을 켜려고 했지만 남자는 천장에서 전등을 떼어버리고 말했다.

"나는 이것도 더 이상 알고 싶지 않아. 스위치를 돌려 전등을 켤 수 있다는 사실도 이젠 알고 싶지 않다구."

그러자 아내가 울기 시작했다.

남자가 말했다.

"그러니까 난 이제 아무것도 알고 싶지 않단 말이야."

아내는 그 말을 이해할 수 없었기 때문에 울기를 그치고 남편을 어둠 속에 내버려 두었다.

그래서 그는 아주 오래 방 안에 머물러 있었다.

이 집에 찾아온 손님들은 아내에게 남편에 대해 물어보았다. 그러면 아내는 이렇게 설명했다.

"그게 이래요. 그러니까 그 사람은 어둠 속에 앉아 있는데요, 아무것도 더 알고 싶지 않대요."

"뭘 더 알고 싶지 않다는 겁니까?"

사람들이 묻자 아내가 대답했다.

"아무것도요, 아무것도 더 이상 알고 싶지 않아요. 그 사람은 눈에 보이는 것도 알고 싶지 않대요. 그러니까 날씨가 어떻다, 뭐 그런 것들 말이에요. 그 사람은 귀에 들리는 것도 알고 싶지 않대요. 사람들이 얘기하는 것들 말이에요. 그리고 자기가 알고 있는 것도 더 이상 알고 싶지 않대요. 그러니까 어떻게 전등을 켤 수 있는가 하는 따위 말이에요. 일이 그렇게 된 거랍니다."

"아, 그게 그런 거군요."

사람들은 그렇게 말하고 다시는 그 집에 찾아오지 않았다.

남자는 어둠 속에 앉아 있었다.

아내는 그에게 먹을 것을 갖다 주었다.

그리고 아내가 물었다.

"그래서 이제 모르게 된 게 뭐예요?"

그러자 남편이 말했다.

"나는 아직 모든 걸 다 알고 있어."

아직 모든 것을 다 알고 있었기 때문에 그는 아주 슬퍼했다.

그래서 아내는 그를 위로하려 애쓰며 말했다.

"하지만 당신은 날씨가 어떤지 모르잖아요."

"날씨가 어떤지는 모르지. 하지만 나는 여전히 날씨가 어떨 수 있으리라는 것은 알고 있잖아. 나는 아직도 비 오는 날이 어떤지를 기억할 수 있어. 그리고 맑은 날이 어떤지도 말이야."

"앞으로는 잊어버리게 될 거예요."

아내가 말했다. 그러자 남편이 대꾸했다.

"그렇게 말하기는 일러. 그렇게 말하기는 일러."

그는 어둠 속에 머물렀고 그의 아내는 날마다 음식을 갖다주었다. 그러면 남자는 접시를 바라보며 말했다.

"나는 이게 감자라는 걸 알아. 이건 고기라는 것도 알지. 그리고 꽃양배추도 알고 있어. 다 소용없는 짓이야. 나는 앞으로도 계속 모든 것을 알고 있게 될 거야. 내가 입 밖에 내는 모든 단어들을 나는 알고 있잖아."

아내가 다음번에 "아직도 알고 있는 게 뭐예요?"라고 물었을 때 그는 대답했다.

"나는 전보다도 더 많은 것을 알고 있어. 날씨가 좋고 나쁜 게 어떤 거라는 것뿐만 아니라 이제는 바깥 날씨를 모른다는 게 어떤 거라는 것까지 알고 있잖아. 그리고 방 안이 아무리 어두워도 완벽하게 어두운 건 아니라는 것까지 알게 되었어."

"하지만 당신이 모르는 것들도 있잖아요."

이렇게 말하고 아내는 가려고 했지만 남편이 붙잡았기 때문에 이야기를 계속했다.

"이를테면 당신은 '좋은 날씨'를 중국어로 뭐라고 하는지는 모르잖아요."

그러고 나서 아내는 방을 나가 문을 닫았다.

더 이상 아무것도 알고 싶지 않은 남자는 그 때문에 생각해보기 시작했다. 그는 정말 중국어를 할 줄 몰랐다. 그래서 "나는 그것도 더 이상 알고 싶지 않아"라고 말하는 것이 의미가 없었다. 중국어를 알았던 적이 없으니 말이다.

"내가 무엇을 알고 싶지 않은 건지, 먼저 그걸 알아야겠어."

남자는 이렇게 외치고 창문에서 종이를 뜯어버리고 덧창을 열었다. 창 밖에는 비가 내리고 있었고 그는 비를 바라보았다.

남자는 중국어 책을 사려고 시내로 나갔다. 그리고 집으로 돌아와 책을 쌓아놓고는 몇 주일 동안 책에 파묻혀 앉아 종이에 한자를 그렸다.

사람들이 찾아와 아내에게 남편에 대해 물으면 그녀는 이렇게 대답했다.

"그게 그러니까 그렇게 되었어요. 이제 그 사람은 중국어를 배워요. 그러니까 그렇게 된 거예요."

그래서 사람들은 더 이상 찾아오지 않았다.

그러나 중국어를 제대로 배우는 데는 오랜 세월이 걸린다. 마침내 중국어를 할 수 있게 되었을 때 그는 말했다.

"하지만 아직도 나는 아는 것이 부족해. 나는 모든 것을 알아야겠어. 모든 것을 알고 나야만 그 모든 것을 더 이상 알고 싶지 않다고 말할 수 있을 테니까.

포도주 맛이 어떤지 알아야겠어. 나쁜 포도주와 좋은 포도주가 각각 어떤 맛인지 말이야.

그리고 감자를 먹으려면 감자를 어떻게 심는지도 알아야 해.

달이 어떻게 생겼는지도 알아야겠어. 달을 보긴 해도 그게 어떻게 생겼는지는 여전히 모르고 있으니 말이야. 그리고 달에 어떻게 갈 수 있는지도 알아야겠어.

그리고 여러 동물들의 이름도 알아야 하고 그들이 어떻게 생겼는지, 무엇을 하는지, 어디에 살고 있는지도 알아야겠어."

그래서 그는 토끼에 대한 책을 사고 닭에 관한 책을

사고 숲 속에 사는 동물들에 대한 책을 사고 곤충에 관한 책을 샀다.

그런 다음에는 코뿔소에 대한 책을 샀다.

그는 코뿔소를 멋지다고 생각했다.

남자는 동물원에 가서 코뿔소를 찾아보았다. 코뿔소는 커다란 우리 안에 가만히 서서 꼼짝도 하지 않았다.

그래서 남자는 코뿔소가 사색에 골몰하며 뭔가를 알려고 애쓰는 모습을 세심하게 관찰했다. 그러자 그는 코뿔소에게 생각하는 일이란 게 얼마나 힘겨운지를 알 수 있었다.

코뿔소는 어떤 생각이 떠오르면 언제나 신이 나서 앞으로 달려나가지만, 우리 안을 두어 바퀴 돌고 나서는 방금 떠오른 생각을 잊어버리고 다시 오래오래 한 자리에 서 있는 것이었다. 한 시간도 좋고 두 시간도 좋았다. 그러다가 뭔가 생각이 떠오르면 다시 내달리기 시작했다.

그리고 언제나 너무 일찍 달리기 시작했기 때문에 사실 코뿔소에게는 어떤 생각도 떠오르지 않았다.

"내가 코뿔소라면 좋을 텐데. 하지만 그러기에는 이제 너무 늦은 것 같군." 남자는 그렇게 말했다.

집에 돌아와 그는 자기 코뿔소를 생각했다.

그리고 오로지 코뿔소 얘기만 했다.

"내 코뿔소는 생각은 너무 느리고 돌진하는 건 너무 빠르지. 그건 정말 그래."

그러면서 그는 더 이상 아무것도 알지 않기 위해 모든 것을 알려고 했던 사실을 잊어버렸다.

그래서 그는 예전과 다름없이 자기 삶을 꾸려갔다.

달라진 것이 있다면 이제는 중국어를 할 수 있다는 것뿐이다.

인터넷 시대의 외로움에
다시 손을 내밀어 주는 작가

얼마 전 지하철 안에서 옆자리에 앉아 있던 40대 남자가 큰소리로 말을 걸어왔다. 내게 말을 걸었다고 생각해 뭔가 대답을 하려는 순간, 그는 혼자 얘기를 계속했다. 잃어버린 직장 얘기와 가족 이야기가 뒤섞인 그의 긴 사연은 앞뒤가 전혀 맞지 않는 것 같으면서도 뭔가 줄거리가 있는 듯했다. 손짓발짓을 해가며 흥분해서 화를 내다가 이내 침울해져 입 속으로만 중얼거리기를 번갈아하던 그는 내게 말을 건 것이 아니라 자신의 생각

속에 빠져 주위를 의식하지 못하고 있는 것이었다.

그의 이야기에 유심히 귀를 기울이고 있다 보니 문득 대학 1학년 때 독일어 수업 시간에 읽은 〈책상은 책상이다〉라는 짧은 이야기가 떠올랐다. 주위의 모든 사물을 다른 이름으로 바꿔 부르기로 한 어떤 외로운 남자가 자신이 마음대로 정한 언어의 체계 때문에 주위와 의사 소통이 불가능해져서 결국 세상에서 완전히 고립되고 만다는 서글픈 이야기. 지하철의 남자 역시 끊임없이 말을 하고는 있지만 사회와의 소통은 불가능해보인다. 요즘 들어 그와 비슷한 사람들이 이따금 눈에 띈다. '세계화의 그늘'일까?

1935년 3월 24일 스위스 루체른에서 태어난 페터 빅셀은 "이야기들이 존재하는 한 이 세상은 아직 가능성이 있다"고 말할 만큼 이야기가 지닌 인본주의적 전통에 희망을 거는 작가다. 그는 자신이 어릴 때 왼손잡이여서 고생이 많았고 철자를 혼동하여 자주 틀리게 쓰는 약점을 지니고 있었다고 말한다. 학교 다닐 때 결코 국어 성적이 우수한 학생이 아니었다고도 밝힌다. 그런데도 작가가 될 수 있었던 건 "글씨는 엉망이고 공책은 잉크 얼룩투성이였는데도 내 작문을 좋아하시고 칭찬해주셨던 초등학교 5학년 때 담임선생님 덕분"이라고 빅셀은 설명한다. 자신을 인정해주신 선생님께 깊은 감사의 정을 품었던 그는 어른이 되자 역사 초등학교 교사를 직업으로 택했고, 어른을 위한 우화뿐만 아니라 어린이와 청소년을 위해서도 글을 썼다.

빅셀의 첫 이야기 모음집 《사실 블룸 부인은 그 우유배달부를 사귀고 싶어한다*Eigentlich möchte Frau Blum den Milchmann kennenlemen*》는 1964년에 발표되었고, 빅셀은 이듬해 독일의 권위 있는 문학상인 '47그룹 문학상'을 받았다. 그리고 1967년에는 장편소설 《계절들*Die Jahreszeiten*》을 발표했는데, 이 작품은 언어로 현실을 묘사하려는 시도가 좌절을 겪는 내용을 독특한 형식으로 그려냈다. 여기 소개하는 《책상은 책상이다》 역시 언어와 소통의 문제를 중점적으로 다루고 있는데, 1969년에 출간된 이 이야기 모음집은 각국에서 화제를 불러일으키며 번역 소개되어 작가의 이름을 세계에 널리 알렸다(이 책의 번역에 사용한 텍스트는 독일 주어캄프 출판사에서 1997년에 재출간한 《아이들 이야기*Kindergeschichten*》의 초판임을 밝혀둔다). 재미있는 것은 이 책의 원제가 《아이들 이야기》라는 점이다. 원어 제목은 언뜻 들으면 '아이들을 위한 이야기'라는 의미로 들리지만 '아이들에 대한 이야기' 또는 '아이들이 하는 이야기'라는 의미일 수도 있다. 내용으로 볼 때 '어른들을 위한 이야기'가 분명한 이 책이 이런 제목을 달고 있는 것은 아마도, 이야기에 등장하는 주인공들이 기이하기 짝이 없거나 지나치게 과장되어 있어 마치 동화 속 주인공처럼 비현실적인 인물들로 비치기 때문일 것이다.

지구가 정말 둥근지 확인해보려고 길을 떠나는 남자, 사물의 이름을 바꿔 부르는 사람, 전혀 웃기지 않는 광대, 수십 년 동안 세상을 등지고 혼자 발명에 전념하다가 자기가 천신만고 끝에 발명에 성공한 물건이 어느새 이미 세상에 다 보급되어 있는 것을 알게 된 발명가, 요도크 아저씨 이야기를 한없이 되풀이하다가 마침내 세상 모든 사물을 요도크라고 부르는 할아버지, 열차 시간표를 모조리 외우고 다니면서도 결코 기차를 타지 않으며 남들이 기차 타는 것까지 방해하는 남자, 아무것도 더 이상 알지 않고 살려고 애쓰다가 결국 중국어까지 배우게 되는 남자……. 여기 실린 일곱 편의 이야기는 이처럼 편집증 환자로 보일 수도 있는 특이한 사람들을 주인공으로 하고 있다.

주인공들의 또 다른 공통점은 대부분 나이가 많은 남자라는 사실이다. 정서적으로 유연한 여성들에 비해 남자들은 실제로 나이 들어가면서 스스로를 고립시키고 사회와 소통이 점점 어려워지는 경우가 더 흔하다. 그런데 놀라운 사실은 당시 30대 초반이었던 젊은 작가 빅셀이 고집 세고 편협한 이런 노인들을 더없이 따뜻하고 이해가 충만한 시선으로 그려냈다는 점이다. 지구가 둥근지 확인하려고 떠난 노인을 날마다 기다리는 작가, 또 요도크밖에는 아무것도 모르는 할아버지를 애정으로 감싸는 작가의 태도는 세상에서 소외된 사람들을 세상 사람들에게 이해시키려는 작가적 사명감의 표현이다. 그와 동시에 작가는, 세상의 기준에 맞춰 안락하게 살아가는 삶을 거부하고 자신이 믿는 진실을 끝까지 추구하는 이 아웃사이더들에게 진심으로 격려를 보내고 있다. 책상을 '사진'이라고 바꿔 부르려는 주인공에게 우리 사회는 '언어는 사회적 약속이기 때문에, 책상은 책상이지 결코 다른 이름을 가질 수 없다'고 꾸짖으며 그에게 '고립'이라는 벌을 내리지만 주인공은 규범에 대한 저항을 포기하지 않는 것이다.

《책상은 책상이다》에서 구사하는 빅셀의 언어는 아주 단순하고 소박하다. 그래서 독일어를 조금만 배운 사람이라면 누구나 이 책을 원문으로 읽을 수 있다. 그러나 이 책을 번역하면서, 어려운 단어도 복잡한 문장도 전혀 없는 그의 글이 오히려 번역하기에는 그리 쉽지 않음을 알 수 있었다. 사소한 단어 하나의 뉘앙스가 전체의 맥락을 바꾸어놓을 수도 있기 때문에 번역하기가 무척 조심스러웠던 것이다. 그래서 소박하고 수식 없는 그의 문체를 매끄럽게 다듬지 않고 있는 그대로 전달하려 애썼다.

1960년대 말에 이 책을 쓰면서 빅셀은 산업화에 따른 인간 소외와 의사 소통의 부재를 이야기하려고 했다. 그로부터 30년 이상이 지난 현재 우리는 '정보의 민주화'로 전세계가 평등을 누려야 마땅할 디지털 시대에 살고 있다. 세상 구석구석을 연결하는 인터넷의 축복으로 인해 '소통의 부재'나 '고립'이라는 단어 자체가 사라져야 할 것처럼 보이는 시대다. 온종일 휴대폰으로 메시지를 교환하고 이메일을 보내도, 사람들은 오히려 과거보다 더욱 언어 소통에 어려움을 느끼며 이웃간의 벽, 계층간의 새로운 장벽 때문에 절망한다. 그래서 지하철이나 거리에서 혼잣말을 하는 사람이 점점 늘어가고, 그 오랜 세월을 뛰어넘어 빅셀이 다시 우리 마음에 다가오는 이유가 여기에 있다.

스스로를 '아주 게으른 작가'라고 부르는 빅셸이지만 66세가 된 지금까지도 그는 쉬지 않고 신문, 잡지에 칼럼을 기고하고 있다. 일찍이《스위스인의 스위스*Des Schweizers Schweiz*》(1969)로 자신이 살고 있는 사회의 갖가지 문제점을 적극적으로 고민하며 비판했던 빅셸은 여전히 그 참여적인 태도를 늦추지 않는다.《못 말리는 우리 동네 우편배달부*Gegen unseren Briefträger Konnte man nichts machen*》(1995)를 비롯해 그는 1990년대에 들어서도 여러 권의 칼럼집을 출간하며 여전히 세상을 향해 따뜻한 손을 내밀고 있다.

2001년 8월

이용숙

책상은 책상이다

초판 1쇄 발행 2001년 10월 20일
개정판 1쇄 발행 2018년 12월 31일 **개정판 19쇄 발행** 2024년 10월 25일

지은이 페터 빅셀
옮긴이 이용숙
펴낸이 최순영

출판2 본부장 박태근
지식교양 팀장 송두나
디자인 윤정아
일러스트 함주해

펴낸곳 ㈜위즈덤하우스 **출판등록** 2000년 5월 23일 제13-1071호
주소 서울특별시 마포구 양화로 19 합정오피스빌딩 17층
전화 02) 2179-5600 **홈페이지** www.wisdomhouse.co.kr

ISBN 979-11-89709-21-1 03850